U0054840

不可能平面

蘇善詩集

自序——走鐘的路數

詩，不值幾個銀子，一首一首的吐，時不時擔心沒有詩人的先天體質，耗神，人生會否虛度？然而，文字啊文字，高矮胖瘦，也許不干基因的事，說是愛吃零食才多了油脂，明明那是垃圾卻被廣告喊成寂寞的隱翅，有趨光習性，常在夜晚飛入一盞孤燈，以為白日爾爾，仿的是形式，擬的是內容，終究排字？

事實上，歲月忽忽，哭笑都當眼前花，繡不了珍珠，繡蛛絲，繡不了雨絲，舔舔口水，假裝一滴清淚交代時不時就會走鐘的路數，明的是分行，暗的是散文，難道印刷錯誤？

寫詩，若說難，怎地就是提不了肘子，更別說懸腕；若說易，鼻毛哼哼唧唧，呼呼豆芽，高高低低，脫線變奏也是曲。

寫詩，如此痛苦？大霧。

寫詩，如此爽適？大誤。

吾心惟悟，無心唯物，惡乎？

自白吧：能寫詩，幸福，沒有什麼事情大到值得用一個小說詮釋，僅僅在詩裡練習說一則胡思。

也幸好有詩，呵口氣才不至於臭乎乎。

要詩不詩，真的是：干卿底事。

有韻兒，一如華爾滋，轉轉轉，轉出一個裙襬可有蕾絲邊露出？或者，白乾的文字藏著火點幾度？如若文字蒼黃了，是不是應該搽些胭脂？

能詩不詩，真的是：枉了一路塗塗抹抹，白面之徒。

問題是：為什麼出書？

書不能填飽肚子，取暖，又怕燒了屋子。當人把詩人看成傻子，是因為詩人把自己想成蜘蛛，只能等待一隻蟲子亂入。

嗚呼。

那麼，詩集且做隱喻？解，不解，莫怪囂囂典、典、典，還是沒有法度。

總之，萬般不提，僅僅大欲而已。

消化之必要，如此以已。

於詩，於學，也許撫今，也許追昔，理一理、順一順，照拂百體。

蘇善

二〇一六初春

〔目錄〕

夜勢

1.

走進夜勢，遠近失距
路面坍入人面漂浮耽溺
燻煙逼你嗆出懸疑
一句親愛的原來忘在回頭詩裡

2.

夜勢有時矛盾
酒酣旁伏著一隻老狗兩眼蒼茫

爆閃微光倏瞬
為你敘述歡樂背後的隱忍

3.

夜勢尖叫
偽裝夜梟竄逃
你的勇氣尚未練習長嘯
前面厚黑怕有百里遙

4.

夜勢淺薄
面目並不饞獠
你擠出未熟的微笑餵食
其靜坐竟似馴貓

5.

夜勢集中
企圖搶奪你的從容
攤出空
你向來不與時爭寵

《乾坤詩刊‧第六十二期》，頁八七。
臺北市：乾坤詩刊雜誌社，二〇一二年四月。

此在

之一、莖生

莖生趁有隙
無縫則屈體
轉圜些微探硬裡

之二、今生

莖生地下長
何必曲蛆佔一房
遊魂行四方

《乾坤詩刊・第六十三期》，頁三七。
臺北市：乾坤詩刊雜誌社，二〇一二年七月。

鏡像俳句

之一：快・樂

不快養不樂
幸福難酒測
深山遁走笑彌勒

之二：慢・活

漸慢漸復活
谷底見谿壑
糊塗蟲兒忘大惑

之三：空・間

欲涉此身在
遠近疊入心中來
聲色無剪裁

之四：圓・緣

想造一個圓
突破重口還一員
左右是崖邊

《乾坤詩刊・第六十三期》，頁九五。
臺北市：乾坤詩刊雜誌社，二〇一二年七月。

隨身行李

輕裝上路就好
行李不能用那種裝到飽的魔術包
包括軀體靈魂欲念以及那些
根本沒有時間細想的煩惱
小小背包裡面只要裝一些私人救藥
譬如蘇軾推薦的芒鞋和竹杖
據說可以把背後黑影打跑
尼采發明的變身咒語也要記牢
可以變成孩子
召回童年玩伴，一個不少
記得先把被搶走的糖果藏進嘴巴
所以一定得留幾隻牙齒咬著別掉

遠方沒有老虎，如果有
聽說鼻子早已分不清糞泥味道
不妨戴一朵朽老的花朵用來混淆
然後，找個山洞住下
風雨就不會再來騷擾
務必記得，準備孤獨一包
邀請明月慢慢沖泡

《吹鼓吹詩論壇十五號・舞獅團詩話》，頁一二〇。
臺北市：台灣詩學季刊雜誌社，二〇一二年九月。

詩是蟲

詩是蟲
一字伸一字縮
最怕遇睟
看不夠

不要找我
禽慣飛
獸慣走
變態非我

不要找我
赤身裸體非我

各爬各梳
千山萬水可涉
沒有貓狗搶
寂寞擋
不抹妝
無篦無櫛
一式秀髮

《吹鼓吹詩論壇十五號‧舞獅團詩話》，頁一三〇。
臺北市：台灣詩學季刊雜誌社，二〇一二年九月。

飛碟

那隻蝶在黑暗裡飛
飛過濛濛歲
在無知裡穿越
相信重重之後
除魅
除昧

這隻蝶轉進闃靜裡飛
闖向懵懵醉
在欲望裡趕追
妄想盤盤之後

破恚
破晦

時空疊了又疊
夢境跌了又跌
一隻蝶不停飛
飛出莊周的隱喻，穿梭
互文的瑣碎
喻依傷痕累累
擱臂
停成一株野薑
浮思入繪

《人間福報·副刊》，二〇一二年十月十一日。

想像

思有相
兩個黑洞之間的恐怖平衡
大爆炸或者大冰凍
以詩計算
行列之篇
可長可短
隱喻不止混沌

思不像
不像風流，留也難搜
不像花開，揩不完的落墨
不像雪崩

繃著一條胳臂
力氣懸著
不像月色
射池無波

思自由，槍口抵著
非詩不可
心眼一合
就是天堂某個角落

《乾坤詩刊‧第六十四期》，頁一一一。
臺北市：乾坤詩刊雜誌社，二〇一二年十月。

煙雲過眼

1.

思冒煙
過駒
要馴一匹無限
只羨瞬變

2.

雲思變
如何片刻清閒

粉飾世間
漬詩以慎言

3.

思濾
粗細言語
打漿令浮紋理
撕成感嘆句

4.

偷眼於詩
略前

攫時以架構塵幕
合掌收語

《野薑花雅集‧第三期》，頁一八八－九。
高雄市：愛華出版社，二〇一二年十二月。

挑米路

往來之路
挑米過
一擔思一擔詩
扛上肩頭
急急緩緩走

一擔輕輕
吟哦
自由韻步，運行脈絡
不問時光停否留否
能否不使流金篩落
恰被影子拾起的

單薄，浮著思索
拴了急墨
呼吸寂默
喘成把定心跳的節奏
哼唷　哼唷

一擔未知
重如何
計較什麼
如何加減乘除所為所得
太陽不理米粒蜷縮
埔里翻山都是
風坡
波連的綠浪渡了金
醮日帝，賞飯幾口
切莫　切莫

光矛如射
擲向魚池　沸騰滾汗
詩成坎坷

《乾坤詩刊‧第六十五期》，頁九五。
臺北市：乾坤詩刊雜誌社，二〇一三年一月。

準備中

刀幾把
菜幾把
能切的不剁
該識丁的希望眼睛不花
裹了粉的再撲撲多餘的喧嘩
等著油炸
門簾未掛
門後八腳糾思
細切薄批皆宜
輕重都是沒骨畫

《創世紀・第一七四期》，頁九七。
臺北市：創世紀詩雜誌社，二〇一三年三月。

一行數則

癡

不藥之欲

藥

逐日吃謎

善終

詩人陳屍詩裡

車禍
橫詩遍野

修足時間
老花，免了斟酌

寫思
白畫腦袋一幅

《創世紀‧第一七四期》，頁九七。
臺北市：創世紀詩雜誌社，二〇一三年三月。

頭顱

腦袋一顆
只懂征歌
我的我的我的
每個音符都是馬策
每句歌詞都是戰格
喝
棄命不合
一場誓師，頭顱萬顆

聰明的搧起東風
眉橫著
勇敢的，左使刀槍右拉弓

他死他死他死
喝
每頁歷史都在重複
每個年代都是烽火
如雷轟轟
如煙懵懵

《吹鼓吹詩論壇十六號・氣味的翅膀》，頁一五六。
臺北市：台灣詩學季刊雜誌社，二〇一三年三月。

透抽

抽一支菸
自己做神仙
抽一管血
驗驗文明病灶
哪個奪命最先
每天抽籤，問問哪天才能賺錢
獎券號碼順便選一選
多抽一管血
趁著還有飯吃的時候捐一捐
餓昏的那天才有好報
證明老天有眼
抽東抽西

抽屜有無藏卷
懂不懂抽象的勝似曲線
抽了半天
不如抽思
解剖其中迴旋

《吹鼓吹詩論壇十六號・氣味的翅膀》，頁一五八。臺北市：台灣詩學季刊雜誌社，二〇一三年三月。

尋人啟事

中等體味
不厚不薄
不含淚
不加糖的氣質
只要半句話都不說
一條腸子始終通徹
往往開口就要噴漆
企圖給這世界一些顏色
醃到好處的寂寞
幾乎透明光澤
得要三天三夜才會發臭
至於那臭應該沒人聞過

曾經養貓曾經養狗
現在最可能養了電子雞一窩
毛呢
長的是象
短的是牛
更常常把狐皮披著
深怕尾巴被當做假貨
可能曬成骨董樣的快樂
諷刺不破
那顆藏不住的癡心
得要埋線才能將欲望變瘦
如果聞見笑語
很像剛要化掉的冰棍兒
是了是了
趕快把這人帶到下一個街口
大聲喊出

見鬼喔
沒錯沒錯
就是這一個頂著苦腦子
眼睛亮出黑洞
他喜歡哼歌
沒詞兒

《吹鼓吹詩論壇十六號・氣味的翅膀》，頁二〇八。臺北市：台灣詩學季刊雜誌社，二〇一三年三月。

捷運車廂

被遺棄的夢躲在角落
習慣站著
旁邊口香糖一坨
黏著某人給老婆的詛咒
沒吃完的早餐上來了
裡面剩下飯糰半個
來不及剔掉的牙慧暫時塞著
看誰倒楣被戳到心窩

小男孩安靜上來了
像他背包裡那隻怪獸很乖的
小姑娘撒著一座花園來了

不凋謝的花兒對比她的早熟
拐杖敲路挺著倔強來了
花衫穿著褪色的青春來了
一個即將誕生的宇宙還在孕送

天外呼來警嘘
瞌睡蟲立刻變形欹欹
一隻挽個髻成了貴婦
一隻拉拉短裙準備故意撿個東西
一隻端著睥睨走出去
還有更多跟著掩鼻走出去
呼吸充滿敵意
誰也不想追究是誰踩死一隻螞蟻

《吹鼓吹詩論壇十六號・氣味的翅膀》，頁二〇九。
臺北市：台灣詩學季刊雜誌社，二〇一三年三月。

木耳

塞了左耳
怪鳥兒張嘴沒韻兒
摀住右耳
罵風兒咻個什麼勁兒
摘掉大耳朵
拔掉小耳朵
拿掉內耳外耳牛耳大象耳
全給樹兒
黑的，咒語聽了好多
白的，學不到半句溫柔
樹累了
想不透

想這世界怎麼著
只會囉唆
願望一個又一個
掛在別人肩頭
有的紙
有的鎖
心裡拎的
只有自己的事兒

《吹鼓吹詩論壇十七號‧聲音舞者》，頁八四。
臺北市：台灣詩學季刊雜誌社，二〇一三年九月。

緝

緝思歸案
羅織醉名
一縷長，為著風輕
一段謎，半晌未露玄端
一絲嘆情
一截斷了委婉
粗的咆哮
細的呶呶動煩
圓圓裹創
稜角早被磨去刻痕
那執意沈的便也默默
讓給浮念打攔

纖纖捆來目前
不折不扣
腦門子內的混沌
未料靈光忽閃
萬緒皆棼
跳入詩裡
爭排行
較分量
字言字語
仗噺欺人
通篇嘴饞
果然還是被揉了
拋向紙簍

空心

靜

《創世紀・第一七六期》，頁九一。臺北市：創世紀詩雜誌社，二〇一三年九月；

《二〇一三臺灣詩選》，頁二〇二－三。臺北市：二魚文化，二〇一四年三月。

留影

你留在哪裡
焦距是一年或者昨夕
你背光
讓影子唱戲
不必顯示日期
藏了反而容易遷移
可以框住牆壁驗證時間的厚度
旅途可以隨時沖洗
局部放大一個秒格也行
至於影子
應該撤退到夢裡
徹徹底底獨享孤寂

誰也不會干預
畢竟聚散早有默契

《乾坤詩刊・第六十八期》，頁三〇。
臺北市：乾坤詩刊雜誌社，二〇一三年十月。

集點

大點小點
議論觀點
淚珠不予計點

多點少點
去掉標點
眼底不見盲點

好點壞點
何須裝點
星星都是亮點

快點慢點
火車誤點
時間不會掛點

早點晚點
一次一丁點
當下即是起點

《人間福報・副刊》，二〇一三年十一月六日。

並不如堆

書一堆
桌子就退
房間漫成大海
金針一句
埋入頁底

往事一堆
一堆就是遺棄
白蟻也懶得使力
嗤鼻
爬出戰局

日子一堆
記憶就碎
重重心湖漫漫漣漪
照見魚
鏡不容大鼻

歲月並不如堆
轉念妄記
妄夢裡
記得往往笑破肚皮
泅吧，不管有氣無氣

《創世紀・第一七七期》，頁八八。
臺北市：創世紀詩雜誌社，二〇一三年十二月。

冬日將至

掉一片葉子
加一件衣服
就怕掉了一個鼻子
輕點兒
咻咻
再抽幾張
就醒了整間屋子
擤掉的
不是樹
是整個秋季的詩
每個字
橫豎擺著相思

描紅了
一座遠山
離開，沒有別的路
旅行
是一直一直往前
抵達
還要再等一陣子
也許沒能讀完故事
漸漸雪了
心凍，在雲朵後面幾呎
淚也能濕
蓋住
書裡那一片靜悄悄躺著的
園裡
不飛的霧

《人間福報‧副刊》，二〇一三年十二月二十六日。

套圈圈

一棵樹一個圈圈
除了人間
上面下面都是空間

一隻指頭一個圈圈
牆裡牆外一直變
菜色保鮮

一個脖子一個圈圈
不管拉著誰
都是自由的極限

一隻腳一個圈圈
切開時間
翼下只勝飛雲一片

筆劃圈圈
嘴巴吞吐塵煙
沉默才是後設的條件

三語兩言
嗆了，聲音不會蜿蜒
狠雷往往打在溫柔邊緣

《乾坤詩刊・第六十九期》，頁三三。
臺北市：乾坤詩刊雜誌社，二〇一四年一月。

遊樂園須知

門票是一首詩
無題也算數
太長的煩惱斷句寫清楚
太彎的憂愁分給蜘蛛編網子
太臭的苦悶先噴些花露
太跳的痛
用手掌按住
揉成珍珠
送給蛤蚌做做面子
佐證大海不枯雖然人心不古
總之，不能隨隨便便撿一片葉子
具象所有領悟

壓扁日子
誆說生活沒有厚度
只剩蟲蛀
洞穿
話語的要素
早知逃避天地的脈絡
切斷管束
任意才能詮釋
樂園設施
獨獨沒有旋轉木馬
怎地敢寫這大落落的文字

《人間福報・副刊》，二〇一五年二月四日。

待用詩

幾行幾個字
偏左不能暈暈乎乎
故意美化或醜化女巫
話出一支掃把飛到哪都是自由式
不能偏右，拗了正經
惡魔的犄角微翹
掛著陽光的鋼絲
準備圍成拒馬日子
最好不是曝了半世紀的科技純裝飾
沒有清澈溪流
全染了
留給下半輩子

發呆的時候蘸筆來漬
多少渲出青春兩三事
河水還瘦巴巴
漂著游嘶
幾行寫思幾個手寫的字
不用砍樹
讓森林靜靜嚎哮四時
讓雨吵死
讓鐘錶睡死
夠我遇上漂亮的自己的影子打個招呼
夠你把夢吐一吐
夠他攢些銅板買買長壽
練習吞悟
夠這世界洗掉文明髒汙
夠讓阿狗洗薄身上的人皮
也讓阿貓梳梳鬍子

不要再打哈哈
說啥都沒了曲直

《吹鼓吹詩論壇十八號・刺政——民怨詩》，頁七六。
臺北市：台灣詩學季刊雜誌社，二〇一四年三月。

偷詩賊

誰偷了
匿在抽屜裡擱著的詩一首
沒有特別寫些什麼
就是安安靜靜
橫豎
捺鉤
話著沉默
其實留白更多
為了讓陽光走過
畫出九格
把時間縮一縮
皺給額頭擠出波折
只堪心海偷偷記住火山爆了

誰也說不得
或者，等風走過
哼上半支歌
不必騷動誰的胳肢窩
難得美人一瞅
至於那些吱吱喳喳的鳥兒
繼續討論昨夜的花落
不理
亭子底下歇腳的蝴蝶
收起翅膀
撣撣塵
歇歇腿
想不出春天還有幾里路
還剩幾個山頭

《創世紀・第一七八期》，頁九八。
臺北市：創世紀詩雜誌社，二〇一四年三月。

眼睛

向下看
湖泊是藍色的大眼睛
深黑裡藏著傳說中的精靈
池塘是綠色的小眼睛
斑斑點點都是不想飛走的蜻蜓

往上看
月亮是溫柔的大眼睛
有時睜得圓圓有時閉著想事情
星星是眨呀眨的小眼睛
傳遞宇宙的祕密邀請

看進去
書本是世界的眼睛
每一個故事透視風土人情
詩是文字的眼睛
三兩句就把模糊講分明

看出去
雲朵是喜歡旅行的眼睛
山海看得再多還是覺得不過癮
鳥兒是選擇棲息的眼睛
哪裡有樹哪裡停

《人間福報・副刊》，二〇一四年三月十日。

約會

約在哪裡
必須縮短距離
像鳥兒和雲朵總是約在山頂
不必把天空一直走到底
只消跟著一條最寬的河那樣逶迤
水面清澈
漂著幾片葉子
應該是精靈的夢
故意要讓探險的腳步撿回去
寫一個故事
藏進日記
河畔可能有流光擱在那裡

沉澱哲人嘆息
浮盪詩人的絕句
千萬、千萬不要招呼河裡的魚
纏上一個無解的問題
誰知道呢
所謂的幸福大大小小
快樂有粗有細
沿途順便照照鏡子倒是可以
梳理鬆散
拔掉蒼白的記憶
妝上了
永遠自備一副強壯的隱形翅翼
行動，不宜虛擬

《人間福報・副刊》，二〇一四年四月十五日。

小詩三首

政見

以可可比例
苦巧欺侮
太牛太奶
難識之無

鐘錶

表面上
各走各的

背地裡
合謀
不就是一個日落

什麼花都在家

含笑留在詩裡
印上頁碼
證明童年不是謊話
而七里縮寫旅行的距離
以外，陌路
不管煙霞是否天涯
家在
行動裝置的某個資料匣

未曾遺失
一朵一朵的青春啊

《創世紀・第一七九期》，頁六二。
臺北市：創世紀詩雜誌社，二〇一四年六月。

藏頭詩

藏頭思好重
還給風
少點夢
還給花
少點淚濛濛
還給雪
黑著然後灰了歲時幾重
還給月
暈的，仍然霧濃
不如扒洋蔥
剝了意象
剝了隱喻

鑽出一隻鼻涕蟲
說，說什麼漂亮的字都不管用
藏詩，頭很痛
不如坐觀鳥獸蟲魚
眼耳鼻口
一起放空

《創世紀・第一七九期》，頁一一三。
臺北市：創世紀詩雜誌社，二〇一四年六月。

不可能平面

午夜逃開夢魘
不想現實淪陷
晨光與夜露交換存在的心得
機器公雞仍然無法阻止太陽西偏
枕頭無拳
撐不過青春打卡時間
況且早餐已經等在便利商店
出自同一條生產線
我習慣將混蛋打扁
你固執半生
忠於渾脫之圓
我們有悠遊卡進入樂園

你正向感應
我偏袒潛規則那一面
過期的新聞送來
燦爛的昨天
悲傷過篩
沉墨終究靦腆
擠不掉那些十分確定而具體的小小幸福甜點
我們日復一日把世界劃出路線
橘紅藍綠，剖開自由空間
懸命在天堂邊緣
掛著歲月聊天
不要離線
辯論僅以指尖
也許偷偷解除朋友
各自漂蕩，在銀河裡面

《人間福報・副刊》，二〇一四年六月十九日。

剩人

吃光時間之前吃掉記憶
為了吃掉快樂應該先吃掉悲戚
吃了歷史就吃了主體
吃下語言順便吃下土地
永遠吃不完的仇恨留給子息
愛是種不活了
島注定分離
剩下有性的繁殖慾
剩下無性的仿生力
共乘一隻方舟漂流
或有某處無毒異域
但是，剩下要做什麼

搶東搶西
清風明月已經不剩點滴

《野薑花詩集‧第九期》，頁八九。
高雄市：愛華出版社，二〇一三年六月。

鞋櫃

左腳喜歡走路
右腳偏愛過橋
遇見水窪
一起跳
但是左腳比右腳寬
右腳比左腳薄
疾行如飄
登雲藐藐
左腳看扁右腳
右腳看輕左腳
碰在一起
總是吵著哩數多少

夜裡
睡在一起
夢到彼此的煩惱
輾轉
不忍把對方踢掉
床很小
家很小
擠一擠
春夏過得了
擠一擠
秋冬冷不到

《野薑花詩集‧第九期》，頁八九。
高雄市：愛華出版社，二〇一三年六月。

夏天的尾巴是一首詩

聽不見蟬
聽螽斯
秋嘓嘓兒喜歡翻飛的葉子
冬嘓嘓兒不怕凍傷身子
睡著的是誰的呼吸落了拍子
應該醒過來
仔細彈彈光絲
才知道日子怎麼回事
老是被偷了腳步
不留印子

邀不到蝴蝶
找蜘蛛
拉幾條線索
等待蟲兒來填詞
用力的頓腳，裹上休止符
弱的半拍半拖
反覆，也能構成飛行的地圖
只管瞧一個全景的空拍角度
高解析
過季的潮思
預約明年，躍上世界第一大報
一個最醒目的位置

《人間福報．副刊》，二〇一四年七月三十一日。

理論

麵條有理
談不談，讓唇舌去
爭個巨細
刀在牙齒那裡
論斷，隨時可以
你想再悶一下
省些言語
是的
時間就是防腐劑

《中國時報·人間副刊》，二〇一四年九月二日。

拐彎

麻雀拐個彎是電線桿
鴿子拐個彎是彩霞片片
老鷹拐個彎是一座山
一起拐彎
天空怎能不暗

火車拐個彎，鑽入巨人的鼻孔
公車拐個彎，載到兒童樂園
腳踏車拐彎騎進中世紀
飛機拐彎遇上超人
一起拐彎
地圖就攤在想像

小說拐個彎總也無法剪短
散文拐個彎繼續亂彈
童話拐個彎還是公主不准勇敢
詩，長長短短
拐上幾個彎都用一隻眼
六觀

《人間福報・副刊》，二〇一四年九月十七日。

度假

盆栽一座擬真的森林投射
療癒的風光
特別溫柔
不會教唆寂寞
只是提醒鬧鐘撥撥
早點起用外頭最自然的天色
那是最新科技雕琢
據說少了一半塵垢
比夢清澈
過濾可見垃圾
畫出天堂某個角落
總之，砍掉活的

種不死的
以利操作
鯨魚一年四季都來游啊游
浴缸做大
讓國王抱著皇后抱著狗兒
一起說
快樂，鍍假
把天堂蓋在沙漠

《1960世代詩人詩選集》，頁一二〇。
新北市：景深空間設計，二〇一四年九月。

命名

誰都想取個好名字
狗兒叫莊子
不論黑白還是大隻小隻
會不會沒事兒就發愣
想成天追著自己的尾巴問著怎麼回事
貓兒便叫西施
別管胖瘦或者左臉右臉長痣
總之，能舔能吃
仗著一輩子能活九次
滾滾風塵拿來鋪床
坎坷給他臥成舒舒服服
反之，誰都想端出像樣的架式

站得挺所以稱樹
探見底子只可曰池
影兒甘願一直傻乎乎
不敢做主
離魂去追日
乖乖囚做鬱卒
關了歲月鎖不了思索
悟空如盒
裝多裝少終究倒進糞土
而世情，如紙
薄得真實無以吞吐
怎好期待容量詮釋器度
譬如焚燒自由的廣場
栽不下一棵榕樹

《1960世代詩人詩選集》，頁一二二。
新北市：景深空間設計，二〇一四年九月。

Doom

遁吧身體，你還能容納幾種惡毒成分
鈍吧靈魂，你的語言只能說恨
沌吧這世界，那個神已經不再傷神
讓給聰明的去玩合成
伊甸即將拍賣
希望落入某個有膽識的大亨
解構並且重組生命序列
叫管家的練習出走，令奢侈的愛上烹飪

《1960世代詩人詩選集》，頁一二三。
新北市：景深空間設計，二〇一四年九月。

大霹靂

補看昨天
本來不懂的事，甚至忘記
瑪德蓮衝擊
一如水滴
穿過頁裡
思想淌在字句乾涸
寫下的，許你傷口不會再割
遺棄的，願你快活
愛爆了
在最遠的彼端
曾經喘息
快感以某種震盪的模式具體

超音波動
從此雲霧蜷曲
膨脹宇宙
掩著一張肚皮

《1960世代詩人詩選集》，頁一二四。
新北市：景深空間設計，二〇一四年九月。

無用

——安魂之曲

大規模的詩體
漏萬掛一
用以興
用以觀
用以群
用以怨
遲了遠了慢了
無以擦拭氣爆的屍體
無以抹掉驚懼
無以翻修城市地圖
無以覆上正義

無以名之
分說死別生離

《野薑花詩集‧第十期》，頁二七。
高雄市：愛華出版社，二〇一四年九月。

手感

摸石探歲
疊
有縫
滲著青春淚

抱樹想空
谷音迴
無鷹
難叼離魂之龜

捧書掐紙讀心扉
厚臉皮

故事美則美
字字句句嚼蠟碎

觸控螢幕
飛
手勢自訂
黑洞裡追
深陷一張隱形網
獻身無悔
滑動日日夜夜
世界牆毀

而黑洞是魔
魔鏡裡的魔
允許自摸
虛擬的皺紋
全是文明的知識的脈絡

知識也是魔
文字裡的魔
能令心智鏖戰不知為何
行列操戈
要爭一個沒有史官是對是錯

沒有史觀唯有液晶之河
足涉
無數次都是欲望
沖擴
直到電池顯示只剩一格

《野薑花詩集・第十期》，頁八六。
高雄市：愛華出版社，二〇一四年九月。

九拐十八彎

在文字裡拐彎
不說長
長的是別人的舌頭
拴住眼前的日子用筆桿
只道手短，游不完一座海洋
邊上敲敲
一支無題
曲子自己哼
拐門拐角，自己圍牆
拐風拐月
拐不到青春
只見飛霜

皮皮，在人間拐彎
一拐大人巍巍
一拐小人眈眈
腸子一條
彎也不彎

《野薑花詩集‧第十期》，頁八六。
高雄市：愛華出版社，二〇一四年九月。

老樹之歌

老樹之歌

為土地佝僂
老不朽
梯子能攀雲，幾朵
蓋什麼高樓
老是爭不朽
疊疊不休
俺，咻也不咻
甘伏落

《乾坤詩刊‧第七十二期》，頁二八。
臺北市：乾坤詩刊雜誌社，二〇一四年十月。

有巢氏

我是一個容易失聯的人
不過，別擔心
我常在詩裡
我藏在思裡
況且世界的枝枝節節
雲都雨了

《乾坤詩刊‧第七十二期》，頁二九。
臺北市：乾坤詩刊雜誌社，二〇一四年十月。

失禮

天蹋下來
你躲在詩裡
那裡　有詩體沒有屍體

氣爆了
你躲在詩裡
那裡　有屏息沒有丙烯

地裂了
你只能躲　在詩裡
擁住地球儀

你在詩裡　失禮
忍著沒有著落的悲戚
繼續呼吸

《乾坤詩刊‧第七十二期》，頁三七。
臺北市：乾坤詩刊雜誌社，二〇一四年十月。

通過

雨絲裡傘通過
開著快樂幾朵傷心幾朵
雨絲裡車子通過
載著歸心被紅燈擋著
等候
陌路上的鞋子游過
不分顏色
新的抖擻
舊的，泥濘忍久了
淋淋漓漓正好痛快開口
唱歌
語詞裡風通過

唇齒跳了一支探戈
從童話到忘言
乳牙不掉
食齒沒著落
囁嚅
任風通過時空之谷
放思，悠悠吟著
光陰
距離，紙上空格
圍城
打援只來了影子一個

《吹鼓吹詩論壇十九號・因小詩大》，頁一二三。
臺北市：台灣詩學季刊雜誌社，二〇一四年十月。

寵物

別養什麼了
把黑狗留給邱吉爾
頂讓所有黑色
以及關於十三恐懼的總和

吉娃娃也許適合
微縮宇宙
迷你的巨大與寂寞
在不斷膨脹的黑洞裡停格

開心
數一數星星還有幾顆醒著

勇於關照
沒有燈光的角落

《文學四季・夏季號》，頁四六。
嘉義縣：文學四季文藝雜誌季刊，二〇一四年九月。

交響思

把詩加長
人生一起卯上
日子串聯的起承轉合
不宜仿作
小節之多
沒有一個不適合
休止
就怕反覆太多裝飾性的寂寞
漂亮的詞兒

《文學四季・夏季號》，頁四六。
嘉義縣：文學四季文藝雜誌季刊，二〇一四年九月。

出題

請以寫詩為題
納入生計
一元均一的稿酬不提
試論行列如何糴米
如何風雨不懼

看不見的思想活動不算出力
抽菸喝酒還算具體
進了汽車旅館辯成買賣的前戲
閉目度枯
說是抗議也被容許

不得病病歪歪
不得哭哭啼啼
不得以文字散播憂鬱
務以身家為重
養拙埋玉

《文學四季・夏季號》，頁四七。
嘉義縣：文學四季文藝雜誌季刊，二〇一四年九月。

死亡證明書

關於詩人之死
如詩擬具：

詩寫過多
沒有大作遺世
沒有涉及公共危險
沒有證據顯示其字毒
甚於伊波拉
致思

《文學四季・夏季號》，頁四七。
嘉義縣：文學四季文藝雜誌季刊，二〇一四年九月。

明天的祕密

太陽把明天藏在黑夜後面
黑夜給了星光點點點
不近不遠
夢裡打開地圖
把看得見的腳步連一連
看不見的
未來慢慢浮現

黑夜把明天藏在太陽後面
太陽給了光線一圈圈
睜眼閉眼
日子展開旅行

把數得出來的分秒連一連
數不到的
未來漸漸露臉

如果用故事疊一疊
是幾個短篇
如果用詩疊一疊
是幾首長長的詠嘆忘了句點

如果拍下照片
得用多少記憶體才能隨時存取想念
如果製成電影
得用多少膠卷才能一直播放童年

如果想了半天
明天還是躲得遠遠的

應該散步去或者追風到天邊
如果等了半天
明天仍然不言不語
要不要把祕密丟進別的耳朵裡面

《人間福報・副刊》，二〇一四年十一月二十八日。

穿越草間彌生

草間彌生們穿越市場
對於魚兒嘴臉沒有特別印象
那呼吸
急似掀浪
逼逼逼，轉向慾望中央
買買買，買下永生的戰糧
這樣那樣
買下海洋
卻讓一只玻璃缸
把本命收養
日復一日草間彌生們穿越世間
對於人模人樣沒有特別印象

那神氣
放得狠狠
裝聾隱藏善良
這般那般
最好撕掉自己的影子
揉以七香
製造十八界的顏色管管
深淺懸腕
轉不轉，都讓星塵燦他一個爛
只要眼幕拉下
想像天堂
唯我，穿越草間彌生
彩色的是美麗的遺忘斑斑
沉鬱的黑白凝在筆尖
等待一個句點

《人間福報・副刊》，二〇一五年三月十九日。

日子兜在詩裡

想把童年藏進日記
才寫幾頁
被布袋戲拉去
武林和江湖
用盡算術
也算不出人心的距離

想讓青春期回到侏羅紀
養幾隻恐龍
平衡快樂與恐懼
該和不該的都捨了

放手，輕盈
乘著時空之翼

也許該把青年染成魔髮森林
一種顏色一種叛逆一種正義
彩虹應許了夢境
而地圖已經溶入視窗
尋寶依舊風行
但用捉盲盲的心情

總算早早把老年兜往詩裡
不論形式
就要天真口氣
管你太白垮了世紀
跳痛

因為回憶太胖
現實必須藏在語言之隙

《野薑花詩集‧第十二期》，頁一一一。
高雄市：愛華出版社，二〇一五年三月。

手稿

風不留手稿
耳空
就能聽道

雨不給手稿
眼神
就會潮

時間寫詩
不用手稿
他只讓你變老

空間寫小說
不動手稿
他只讓你心跳

人生極可能一場書法
允許運筆或者用刀
悲喜特調

也許形式或內容相互咆哮
橫豎都要
美美的，或剛或柔地微笑

明明花落
算準了時空交疊一秒

零和　再多的眼淚鼻涕都是
拈弄死腦

《野薑花詩集‧第十二期》，頁一一一。
高雄市：愛華出版社，二〇一五年三月。

完全變態

吐時
裹不裹都有顏色
交與青苔

《吹鼓吹詩論壇二十號・拾光掠影》，頁七一。
臺北市：台灣詩學季刊雜誌社，二〇一五年三月。

詩屆末日

吟風月，料理不出美事
以飽思
描花雪，無法打渲凡塵
以拔俗

春煩顛了
北境原色拼貼南國
夏澇掀幾波
漂放了魚蝦豈為養雞鵝

秋大索
焦了遍地還要心湖乾涸

冬呢
說不走就不走
架疊幾床慵懶也難
以達摩

《吹鼓吹詩論壇二十號・拾光掠影》，頁七一。
臺北市：台灣詩學季刊雜誌社，二〇一五年三月。

蝴蝶開花

人開車
把森林輾成灰色

蛇開溜
空間滾成時光的沙丘

蝴蝶開花
乘風，讓翅膀放假

花兒開臉
蜜蜂面刺又狠又尖

毛孩兒開心
撿球為了打破移動基因
天不開窗
水庫眼巴巴地伏望
詩不開頭
謬思也難摳摳搜搜

《人間福報・副刊》，二〇一五年六月二十三日。

巨蛋

身體沒有器官
隨時屈伸
殼裡可以呼弄乾坤
只消提供文明的零件
進化必然
燒煤燒炭
總之，把樹砍光
不必交給時間
孵夢
譬如白堊重返
荒野漫漫
想像

恐龍生成
重新練習搶人飯碗
然而地球太過擁擠
五洲怎能疏散
不如鴿，捨
棄了屋簷
自由迴旋
天空仍然天天空著
只給抬頭的目光

《野薑花詩集‧第十四期》，頁一六一。
高雄市：愛華出版社，二〇一五年六月。

火大

太陽很火也沒紅鶴火
湖泊變成沙漠
本來好好的
沼澤裡面什麼都沒了
只能把脖子折一折
閒話少說
欺凌浮游和無殼
戲水單薄
尖嘴
牽扯
太陽很大也沒詩大
六書組合

抄自山山水水
襲人嘴波

《人間福報・副刊》，二〇一五年九月三日。

口袋

掏呀
左邊深深一座海
貝兒唱著無聲的歌
漲潮時音符一個一個
留在沙灘
慢了半拍

掏啊
右邊摸進夢裡
以為童年鞦韆還在
回憶時青春一格一格

印在時空
漫畫連載

掏出來
幾張逾期的車票
全票讓巨人占了椅子五六排
半票打算給七個矮人
擠成一塊

掏了半天
所有口袋都笑開
就是找不到零錢一塊
糖果只能買半包
一半被自己的陰影扣了下來

《中國時報・人間副刊》，二〇一五年十一月四日。

讀詩人91　PG1586

不可能平面
──蘇善詩集

作　　者	蘇　善
責任編輯	盧羿珊
圖文排版	周妤靜
封面設計	蔡瑋筠

出版策劃	釀出版
製作發行	秀威資訊科技股份有限公司 114 台北市內湖區瑞光路76巷65號1樓 電話：+886-2-2796-3638　傳真：+886-2-2796-1377 服務信箱：service@showwe.com.tw http://www.showwe.com.tw
郵政劃撥	19563868　戶名：秀威資訊科技股份有限公司
展售門市	國家書店【松江門市】 104 台北市中山區松江路209號1樓 電話：+886-2-2518-0207　傳真：+886-2-2518-0778
網路訂購	秀威網路書店：http://www.bodbooks.com.tw 國家網路書店：http://www.govbooks.com.tw
法律顧問	毛國樑　律師
總 經 銷	聯合發行股份有限公司 231新北市新店區寶橋路235巷6弄6號4F 電話：+886-2-2917-8022　傳真：+886-2-2915-6275

出版日期	2016年10月　BOD一版
定　　價	200元

Printed in Taiwan

國家圖書館出版品預行編目

不可能平面 : 蘇善詩集 / 蘇善著. -- 一版. -- 臺北市 : 釀出版, 2016.10

面 ;　公分. -- (讀詩人 ; 91)

BOD版

ISBN 978-986-445-145-6(平裝)

863.51　　105015782

讀者回函卡

感謝您購買本書，為提升服務品質，請填妥以下資料，將讀者回函卡直接寄回或傳真本公司，收到您的寶貴意見後，我們會收藏記錄及檢討，謝謝！

如您需要了解本公司最新出版書目、購書優惠或企劃活動，歡迎您上網查詢或下載相關資料：http:// www.showwe.com.tw

您購買的書名：______________________________

出生日期：________年________月________日

學歷：□高中（含）以下　□大專　□研究所（含）以上

職業：□製造業　□金融業　□資訊業　□軍警　□傳播業　□自由業

□服務業　□公務員　□教職　□學生　□家管　□其它_____

購書地點：□網路書店　□實體書店　□書展　□郵購　□贈閱　□其他

您從何得知本書的消息？

□網路書店　□實體書店　□網路搜尋　□電子報　□書訊　□雜誌

□傳播媒體　□親友推薦　□網站推薦　□部落格　□其他__________

您對本書的評價：（請填代號　1.非常滿意　2.滿意　3.尚可　4.再改進）

封面設計____　版面編排____　內容____　文／譯筆____　價格____

讀完書後您覺得：

□很有收穫　□有收穫　□收穫不多　□沒收穫

對我們的建議：______________________________

____

____

____

請貼
郵票

11466
台北市内湖區瑞光路 76 巷 65 號 1 樓
秀威資訊科技股份有限公司 收
BOD 數位出版事業部

....

（請沿線對折寄回，謝謝！）

姓　　名：＿＿＿＿＿＿＿＿　年齡：＿＿＿＿　性別：□女　□男

郵遞區號：□□□□□

地　　址：＿＿＿＿＿＿＿＿＿＿＿＿＿＿＿＿＿＿＿＿

聯絡電話：(日)＿＿＿＿＿＿＿＿＿＿（夜）＿＿＿＿＿＿＿＿＿＿

E-mail：＿＿＿＿＿＿＿＿＿＿＿＿＿＿＿＿＿＿＿＿